# ПРИНЦ ЗОЛОТОГО СЕРДЦА

# ПРИНЦ ЗОЛОТОГО СЕРДЦА

## АЛЬДИВАН ТОРРЕС

Canary Of Joy

# Contents

# I

Принц Золотого Сердца
Альдиван Торрес
Принц Золотого Сердца

-------------------------------------------------------

Автор: Альдиван Торрес
© 2020- Альдиван Торрес
Все права защищены.

-------------------------------------------------------

Эта книга, включая все ее части, защищена авторским правом и не может быть воспроизведена без разрешения автора или передана.

Альдиван Торрес, родившийся в Бразилии, является консолидированным писателем в различных жанрах. До сих пор названия были опубликованы на десятках языков. Со своего возраста он всегда был любителем искусства письма, консолидировав профессиональную карьеру со второго полугодия 2013 года. Ваша миссия состоит в том, чтобы покорить сердце каждого из ваших читателей. Помимо литературы, ее основными развлечениями являются музыка, путешествия, друзья, семья и удовольствие от самой жизни. «Для литературы, равенства, братства, справедливости, достоинства и чести человека всегда» - ваш девиз.

Принц золотого сердца

Принц Зачин

Что происходит, Тай? Где мы?

Тай

Нас похитили и арестовали, Зачин. К нам пришла неудача.

Зачин

Что теперь будет? Куда мы идем?

Тай

Похоже, они везут нас на новый континент.

Зачин

Боже мой. Мне это совсем не нравится. Я не хотел покидать свою страну. Кроме того, у меня есть королевство, которое нужно править, и женщина, которую я люблю. Что будет с моим народом в Южном Судане?

Тай.

Я тоже не хотел уходить. Но быть с тобой в этой ситуации, придает мне силу, Мы объединимся и попытаемся выжить в этом хаосе.

Зачин.

Верно. Спасибо за поддержку. Я не знаю, что бы я делал без тебя. Мой лучший друг с детства

Тай

Не стоит благодарить меня Мне нужна твоя поддержка. Надеюсь, он защитит нас.

Зачин.

Пусть он тебя услышит.

Капитан

Прекратите болтовню и приступайте к работе, нигтеры. Вымой корабль.

Тай

Мы сейчас будем, сэр.

Мою корабль.

Женщина

Боже мой. Как жестоко с твоей стороны! Эта работа очень сложная.

Зачин.

Не волнуйтесь, леди Мы в порядке. Как тебя зовут?

Женщина.

Сабрина и ты?

Зачин

Зачин. Приятно познакомиться.

Тай

Меня зовут Тай. Мы привыкли к тяжелой работе. Мы будем сопротивляться, потому что наша воля к свободе больше всего.

Женщина.

Но это несправедливо. Бог создал свободных людей Каждый, независимо от расы, заслуживает уважения.

Зачин

Это мир иллюзий. Финансовые интересы на первом месте. Но я знаю, что для Бога мы равны.

Тай

Мы можем просить о силе только для того,

чтобы выдержать все беды Мы воины, и мы не сдадимся легко.

Женщина.

Очень интересно. Я хотел узнать твою историю. Не могли бы вы мне сказать?

Зачин

Я король в Южном Судане. Я жил во дворце, окруженном слугами вместе с женой. Иностранцы вторглись на нашу территорию, изнасиловали и убили мою жену. Потом они похитили нас. Поэтому мы здесь.

Тай

Я помощник короля и его лучшего друга детства. Вместе мы были счастливы в Африке. Судьба забрала у нас всё. Теперь нам придется бороться.

Женщина

Тогда сражайся. Можешь рассчитывать на меня, что тебе нужно.

Зачин.

Большое спасибо, мэм. А теперь уходи, пока нас не нашли.

Женщина.

Хорошо. Хорошая работа.

Вечеринка ночью.

Капитан.

Потанцуем для нас, ниггеры Мы хотим радоваться.

Танец черного.

Капитан.

Мне не нравился танец. Тебе не хотелось этого Ты будешь наказан.

Сцены избивающих черных.

Потом.

Зачин.

Где мы?

Тай.

Я рад, что ты очнулся. Мы страдали часами, подчиненными этим ублюдкам. Они избивали нас, пока мы не были простудой.

Зачин.

Проклятье! Ублюдки! Что ненависть к ним.

Тай.

Спокойно. Мы ничего не можем получить от этого оскорбления Нам просто придется пройти через это. Когда мы доберемся до нового континента, мы сможем придумать маршрут побега.

Зачин.

Если мы выживем, так? То, как все идет, будет очень сложно

Тай.

Для тех, которые уверовали в Аллаха, все возможно.

Сабрина.

Я пришел, любимые, и принес еду. Ты должен быть сильным.

Зачин

Спасибо, Сабрина, спасибо. Нам это было очень нужно.

Сабрина.

Ничего особенного. Я обещал помочь, Я люблю участвовать в благоприятных делах.

Тай.

Однако мы очень благодарны. Ты ангел в нашей жизни.

Сабрина

Считай меня слугой Бога. Это долгая дорога. Я буду с тобой всегда.

Зачин

Да благословит вас Господь.

На новой земле

капитан

Мы прибыли в Мимосо. Это конец для вас,

ниггеры. Я продал тебя фермеру. Вы будете его рабами.

Зачин

Какое падение для того, кто когда-то был королем! Но так и должно быть. Вы все равно заплатите за это, капитан!

Капитан

Вы не в том положении, чтобы угрожать! Будь счастлив, что жив. Я мог сделать что-то похуже.

Тай

Но ты сделал это не для того, чтобы избежать травмы. Мы для вас всего лишь товар теперь, когда мы люди с ценностями. Это то, что вы никогда не поймете.

Капитан.

Хватит! Фермер уже едет! Слава Богу, я избавляюсь от тебя раз и навсегда

Большой дом.

Алисой.

Дочь, некоторые черные только что прибыли из столицы. Они идут работать на ферму. Хочешь пойти со мной, чтобы увидеть их?

Кэтрин.

Конечно, отец. Мне нужны новые рабы в большом доме Я выберу лично.

В коралле

Кэтрин

Они прекрасны, отец. Ты бы исполнил желание?

Алисой.

Как хочешь, дочь.

Кэтрин

Я хочу, чтобы они работали на меня в моем личном доме. Я скучаю по мужскому присутствию вокруг меня.

Алисой.

Хорошо, дочь моя. Они в вашем распоряжении.

Кэтрин.

Ладно, чернокожие. Как их зовут?

Зачин.

Меня зовут Зачин я к вашим услугам, мисс

Тай.

Меня зовут Тай. Я рад служить вам. С тобой ничего плохого не случится. Ты можешь доверять нам.

Кэтрин.

Вы мне нравитесь. Я спас тебя от тяжелой

работы. Все, что тебе нужно сделать, это держаться и делать домашнюю работу, потому что я не очень хорош в этом.

Тай.

Я отличный повар, а Зачин - великий боец. Ты не можешь быть в лучших руках.

Кэтрин

Мне очень нравится эта информация. Надеюсь, вы будете счастливы здесь. Кроме того, я знаю, что тяжело быть рабом в отдаленной стране, но так работает закон. Я сочувствую делу рабов.

Зачин

Ты выглядишь отличным человеком. Ты мне нравишься.

Тай

Она мне тоже когда-то нравилась. Очень вежливый, умный и милый. Довольно скромный для землевладельца.

Кэтрин

Большое спасибо вам обоим. Я эволюционировала женщина. Я думаю, мы отлично поладим.

Принц Сердца 2

В комнате дамы.

Кэтрин.

Ты здесь уже несколько дней, а я ничего о тебе не знаю. Я хотел бы узнать больше о вашей истории. Не могли бы вы мне сказать?

Зачин.

Я был королем в Южном Судане. Я жил напыщенным и радостным жизнью. Кроме того, меня обслуживали миллионы, и мое правительство мудро направило их всех. Они были запоминающимися и благотворительными временами, пока не произошло худшее. Нас ограбили и похитили. Они привели нас сюда

Тай.

Я был его помощником. Я участвовал в правительстве, осуществляя несколько проектов. Нас уважали и счастливы. Сегодня у нас ничего нет.

Кэтрин.

Не говори так. Это вызывает меня сильную печаль. Я думаю, рабство совершенно несправедливо. Поэтому я и хотел защитить их. Больше, чем слуги, вы будете моими друзьями и доверенными. Тебе ничего не будет недостаточно. Я думаю, свобода не так далеко. В стране существует несколько социальных движений в защиту свободы чернокожих. Общество постепенно развивается, и несправедливость будет устранена.

Зачин

Надеюсь, мисс. После всех этих грустных фактов, ты была хорошей вещью, что случилось с нами. Это дает нам надежду на лучшее и справедливое будущее. Ты похожа на мою жену Я был доволен своей женой в Африке. У нас было много счастливых времен. Мы путешествовали и работали вместе. Кроме того, мы были полностью связаны. Оставить ее, принесло мне много печали Я еще не пережил эту травму. Это было более десяти лет долгосрочного сосуществования. В любом случае, поиски тебя помогают нам чувствовать себя лучше.

Тай.

У меня тоже была жена и дети. Это приносит нам огромную печаль. Ваше присутствие и поддержка имеют важное значение немедленно. Нам нужно много сил, чтобы противостоять нашей судьбе. Многие наши братья погибли. Они умерли в рабской каюте, унижены и подверглись пыткам. Это десятилетия унижения и презрения белого человека. Нечестно работать, чтобы обогатить других. Кроме того, несправедливо жить в мечтах других людей. У нас есть индивидуальность и мечты. Мы требуем наших прав как человека, какими мы являемся. Кроме того, мы требуем свободы и индивидуальности. Без него мы никогда не будем счастливы.

Кэтрин

Я понимаю. Можешь рассчитывать на меня. Я в вашем распоряжении. С тех пор мы были друзьями. Мы будем соучастником в работе и в жизни. Кроме того, мы будем группой, которая будет искать счастье, свободу и исполнение. Я очень верю в будущее. Надеюсь, что наша совместная работа принесет плоды. Давайте не будем отказываться от реализации наших мечтаний. Хотя препятствия огромны, мы можем столкнуться с ними с большим количеством массивов, силой и веры. Я верю в наш потенциал и в раскрытие идей. Мы можем создать что-то полезное вместе. Ну, это то, что я хотел сказать. Мне нужно побыть одному. Иди позаботься о лошадях.

Зачин

Хорошо, юная леди.

Тай

Мы уходим. Оставайся с Богом.

Кэтрин

Я немного отражаю. Как же они пережили боль. Они живут совершенно разными историями в наши дни. Я понимаю их беспокойство и страдания. Они в странной стране, как рабы. Это очень болезненно. Я буду их защитником. С вами ничего плохого не случится. Я чувствую себя хорошо в их компании. По-моему, они похожи на двух принцев. У одного из них золотое сердце Он добрый, вежливый и полезный. Великий человек, который переживает неудачное время Мне нужно помочь вам обоим найти счастье в этой отдаленной стране. Это моя миссия. Меня это не интересует, Я хочу видеть вас обоих счастливыми. Вклад в это сделает меня довольным. Я думал о своей благородной траектории. Я родился в богатой семье, но всегда был внимателен к нуждам бедных. Мы равны человеческим существам. Я сестра чернокожих, белых, индейцев или любого меньшинства. Мы дети одного Бога.

Ужин.

Алисой.

Спокойной ночи, дитя мое. Как работники работают на ферме?

Кэтрин.

Они хорошо справляются, Я направил рабов, и каждый из них сделал свою задачу. С моей координацией прибыль увеличилась. Мы живем в финансовом спокойствии. Это позволяет нам делать несколько экстравагантных вещей. Я хочу новую одежду и обувь. Я хочу хорошую еду и хорошую досуг. Нам нужно воспользоваться плодами нашего труда.

Алисой.

Согласен. Но нам также нужно сэкономить немного денег. Это безопасный способ избежать кризиса. Уже много слухов, что рабство скоро закончится. Это очень больно.

Кэтрин

Я не думаю, что это полностью плохо, пап. Мы можем продолжать работать с теми же сотрудниками на более справедливых условиях. Это было бы очень полезно для наших чернокожих. Мы уже богаты и вознаграждаем эту работу было бы великолепно. В развитых обществах нет рабства.

Алисой.

Ты замечательная дочь, но паршивый провидец. Чем больше прибыли, тем лучше. Я предпочитаю вещи такими, какими они есть. Нам так удобнее.

Кэтрин

Я не согласен, но я уважаю ваше мнение. Я хотел более справедливого мира.

Алисой

Как твои слуги обращаются с тобой?

Кэтрин

Хорошо. Я узнал, что один из них был королем в Африке. Кто знал, что один из наших рабов когда-то был королем. Звучит как фантазия.

Алисой

Это действительно замечательно. Но будь осторожен с ними. Мы должны избегать ближайших контактов. У каждого есть своё место.

Кэтрин.

Я знаю это, папа. Но мне кажется, они довольно мирные. Они хорошо со мной обращаются. Я верю, что я не в большой опасности

Алисой.

Хорошо что угодно, просто дай мне знать.

Принц Сердца 3

Поздно на урожае

Кэтрин

Добрый день, мои любимые. Я пришел проверить фермерскую работу и посмотреть, как они там. Я думаю, что эта работа, наверное, утомительна и утомительна.

Тай

Мы привыкли к этому, мисс. Работа достойна человека. Я думаю, что наш вклад будет иметь важное значение для роста экономики страны. Кроме того, хотя мы и рабы, приятно чувствовать себя полезными.

Зачин

Мы очень хорошо, юная леди. Это не подходящее место для людей твоего уровня. Тебе нужно отдохнуть на ферме. Сильное солнце может повредить кожу.

Кэтрин

Мне было скучно на ферме Я люблю общаться, разговаривать и встречаться с людьми. Для меня все - это вопрос размышлений, планирования и действий.

Зачин.

Я понимаю. Я сочувствую тебе Ты также великолепна и харизматична.

Кэтрин.

Я ценю твою доброту. Приятно чувствовать себя красивой. Комплимент от принца очень важен для меня Каждый день я чувствую себя счастливее рядом с тобой. Можете рассчитывать на мою помощь. Я буду вашим защитником.

Тай.

Мы очень ценим это. У нас есть причины мечтать о лучших деньках Кроме того, мы будем продолжать бороться за дело рабов В этой стране много движений.

Кэтрин.

Я тебя поддерживаю. Мне просто нужен закон, чтобы освободить их. У всех нас есть это право.

Зачин.

Согласен. Как говорится, все происходит в нужное время. Давайте работать над нашими целями, которые придет победа

В пруду.

Зачин.

Это была отличная идея прийти сюда после длинного рабочего дня. Спасибо за возможность, мэм.

Тай

Обожаю эти моменты отдыха Мы часто это делали в Африке. Просто думаю о том, как сильно я скучаю по тебе.

Кэтрин.

Не стоит благодарить меня. Это отличная возможность для отвлечения Ты заслуживаешь этого за свою преданность работе. Мы тоже можем узнать друг друга получше.

Зачин.

Я начну. Я взрослый, трудолюбивый, честный человек. Кроме того, у меня королевская кровь и крестьянская душа. Все, что я делаю, это ради любви к соседу. Мы сталкиваемся с несправедливым обществом в его правилах и ценностях. Я чувствую себя обязанным бороться с этим всю силу. Я хочу, чтобы меня запомнили за мой характер и решимость.

Тай

Я хороший слуга. Кроме того, я выполняю свои обязанности. Я также великий спутник и друг. Мои друзья хвалит меня за мою преданность. А ты? Кто вы, мисс?

Кэтрин

Я родился в богатой семье. Хорошее финансовое положение позволило мне учиться и владеть своей жизнью очень рано. Но, несмотря на это, я научился от жизни. Я знаю, что реальность большинства людей отличается от моей ситуации. Я особо ценю несправедливые меньшинства. Кроме того, я люблю ассоциировать благородные дела. Я хочу, чтобы общество развивалось и имело больше равноправия между людьми. Мы равны перед Аллахом. Что касается личного аспекта, то я милая, вежливая, умная дева. У меня хорошие привычки и ценности. Должен признаться, я страстна к мужчинам, особенно черным.

Зачин

Очень хорошо! Я люблю женщин любого цвета. Но я знаю, что я на другом уровне. Я уважаю своих боссов.

Кэтрин.

Не могу поверить. Ты принц, помнишь? Твой уровень даже выше моего.

Зачин.

Но теперь я просто раб. Я не хочу, чтобы у тебя были проблемы, но ты мне нравишься.

Тай.

Я поддерживаю вас обоих. Вы прекрасная пара. Можете рассчитывать на мою защиту. Никто не узнает

Зачин.

Так ты хочешь быть моей девушкой, Кэтрин?

Кэтрин.

Я хочу. Ты мне нравился с самого начала. Кроме того, я не предвзят, потому что я образованная женщина. Мы будем вместе. Я всегда искал любовь всей своей жизни. Теперь, когда я его нашел, я не потеряю его. Давайте сделаем прекрасную историю.

Зачин.

Обещаю, что сделаю тебя счастливой. С осторожностью мы строим идеальные отношения. Когда придет время, мы будем знать, как действовать. Я просто знаю, что хочу, чтобы ты была моей женой. Даже против всех, я буду бороться за эту любовь

Кэтрин.

Я тоже буду бороться за эту любовь. Мы свободны и обладаем способностью любить.

Меня не волнуют правила. Я просто хочу жить и быть счастливой.

Тай.

Поздравляю парочку. Пусть эта любовь длится вечно. Любовь действительно того стоит. Это важные моменты в нашей жизни, которые мы не должны упускать. Давайте оставим позор в стороне и насладимся тем, что предлагает нам жизнь. У меня уже есть девушка. Мой король скучал по своей любви. Я желаю вам всего счастья в мире. Никто не может разлучить тебя, потому что я понимаю, что вы действительно любите друг друга. Как я уже сказал, я здесь ради тебя. Я буду твоим сообщником всегда. Ты заслуживаешь счастья.

Принц Сердца 4

Большой дом

Зачин

Твоего отца нет в городе. Это отличный шанс для нас сбежать.

Кэтрин

Куда мы идем, милая?

Тай

Пойдем в Коломбо. Наши черные братья ждут нас.

Лес

Зачин.

Почему ты приняла мое предложение? Слишком рискованно для молодой девы сбежать из дома. Мне нечего вам предложить.

Кэтрин.

Потому что я люблю тебя и люблю интенсивные приключения. Богатый жизнью никогда не привлекал меня. Я всегда чувствовал себя в плохом положении. Я не буду доволен. Все, что тебе нужно — это любовь и свобода.

Тай

Ты очень храбрая. Но как отреагирует твой отец?

Кэтрин

Я оставил письмо, объясняющее все. Мой отец никогда бы не осудил меня. Он любит меня.

Зачин

Но он не принял меня как вашего мужа. Я должен быть осторожен против любых репрессий. Я не жалею о своем выступлении. Кроме того, я хотел быть свободным в полном выражении.

Кэтрин.

Я поддерживаю тебя, любовь моя. Я буду, где бы ты ни был.

На ферме.

Фермер

Моя дочь сбежала с теми двумя черными парнями. Что я сделал не так, мой Бог? Я вырастил дочь с такой жаждой, чтобы сделать ее женой ниггера

Губернатор.

Я понимаю вашу боль, барон. Но это был ее выбор. Мы должны уважать это

Фермер.

Я не буду уважать это. Я хочу вернуть свою дочь. Кроме того, я сообщу о вас властям. Я найду их даже в аду.

Делегат.

Что такое, барон? Что за крики?

Фермер

Я рад, что ты пришел. Два черных человека забрали мою дочь в Коломбо. Это похищение Мы должны помочь моей дочери.

Делегат.

Ты уверен, что ее похитили? Погонять за ними - безрассудно. Они знают, как защитить себя.

Фермер.

Я не хочу знать! Попроси губернатора помочь вам отправить войска. Давайте покажем этим ниггерам, чьи босс.

Делегат.

Хорошо! Я сделаю все, что смогу.

Делаю

Сделай невозможное! Я хочу удовлетворительных результатов, иначе ты потеряешь работу.

Делегат

Хорошо, барон, хорошо! Обещаю, что вы получите результаты.

В Коломбо.

Зачин

Вы все, верно? Как ты себя чувствуешь?

Кэтрин.

Счастлив и волнуюсь. Я не хочу, чтобы ты страдал из-за меня. Ты должен был оставить меня. Это единственный способ, чтобы у тебя был лучший шанс сбежать.

Зачин.

У меня не было выхода. Жить как раб - это для меня возмутительно. Я должен был рискнуть.

У меня королевская кровь. Кроме того, я заслуживаю надежды на свободу и любовь.

Кэтрин.

Я полагаю, что я несу ответственность за это. Что будет потом? Они уже будут нас искать. Полагаю, они захотят найти нас любой ценой. Они могут арестовать тебя, но я пойду с ними. Я не буду открывать эту любовь даже перед лицом смерти.

Зачин

Я никогда не думал, что найду такую решительную белую женщину. Ты напоминаешь мне мою жену из Африки. Я верю, что это тоже любовь. Любовь — это нечто совершенно не контролируемое и необъяснимое. Мне нравится это чувство. Я верю в его способность создавать чудеса, потому что сам Бог - любовь. Мы плоды этой любви, превосходящие реинкарнации. Я очень верю в судьбу. Я считаю, что мы духи, связанные с другими реинкарнациями. В нужный момент мы оказались в неблагоприятной ситуации в этой жизни и боль объединила нас. Боль дает нам мужество и силу. Надежда и вера преобразуют отношения. Действия показывают, кто мы и чего мы хотим.

Мы - союз желаний и борьбы. Ученики создателя в мире искупления и испытаний. Вот мы и ждем, когда что-то случится.

Кэтрин.

Верно! Мы готовы ко всему. Наша сила укрепляет и утешает нас. Мы будем ждать наших палачей с высокими головами. Мы столкнемся с нашей судьбой с мужеством. Смерть ничто по сравнению с нашими самыми дикими мечтами. Ты должен рисковать быть счастливым.

Зачин.

С тобой ничего не случится. Можешь отдохнуть. Пусть наши враги преследуют нас. Я не буду выступать против них. Мне бы очень хотелось поговорить с твоим отцом. Наш побег был предлогом. Я не мог хранить это в секрете всю свою жизнь Мы должны потерять страх и встретиться с нашими оппонентами. Я вижу слухи, что рабство заканчивается. Осталось лишь подписать закон, который может произойти в ближайшие дни. По законным каналам мы хотим нашего права как граждан.

Тай.

Успокойся. На нашей стороне великий бог. Все в нашей жизни написано. Уверен, вы написали прекрасную историю для себя. Твоя любовь - правда. У вас есть право быть вместе. Я буду поддерживать и защищать вас обоих. Я обученный воин. Мы сильнее правительства.

Признав главное пятого полка

Зеки

Наконец-то ты прибыл. Мы с женой ждали. Нам нужно срочно поговорить.

Барон

Ты сделал мне очень плохое обслуживание. Ты похитил мою дочь без объяснений. Так не может продолжаться. Вам придется заплатить за свои ошибки.

Кэтрин

Это неправда, папа. Я пришел по собственной воле. Ты должен понять, что мы любим друг друга, и мы должны быть вместе.

Тай.

Я свидетель. Ваша дочь не была вынуждена ничего делать, Мы просто хотели иметь право на наше пространство Нам также нужна свобода, которую заслуживает каждый человек.

Барон.

Я просто хочу вернуть мою дочь и того

преступника заперты. Делайте свой долг, генерал

Генерал.

Сейчас, барон, немедленно. Я люблю справедливость. Не сопротивляйся, ниггер. Было бы лучше принять ситуацию мирным путем

Зачин.

Я иду с тобой. Освободи остальных. Не трогай никого.

Кэтрин

Я пойду с тобой и буду бороться за справедливость. Все будет хорошо, детка.

В большом доме

Барон

Теперь наша очередь говорить. Что это за безумие, дочь моя? С таким отношением мы были насмехаться всем регионом. Разве ты не думал о том, что ты спровоцируешь? Моя семья деморализована.

Кэтрин

Я не деморализовал свою семью. Я просто хотел взять на себя свои отношения. Кроме того, я не думаю, что лицемерное общество имеет право диктовать мою судьбу. Я хочу, чтобы у меня был шанс хорошо провести время и быть счастливым. Я поддерживаю свободу для всех людей, потому что так нас создал Бог. Не ты или кто-то другой удержит меня от счастья. Даже смерть не остановит настоящую любовь. Ты единственный, кто подвел меня, пап. Я ожидал вашей поддержки и понимания в такой трудный момент, Я надеялся, что вы поймете мои причины для того, чтобы вести себя так. Кроме того, я надеялся, что вы откажетесь от социальных конвенций и примете меня. Это большое разочарование для меня, намного больше твоего. Разве ты не понимаешь, что теряешь единственную любовь всей своей жизни за мелкие отношения? Кто будет заботиться о тебе, когда ты станешь старше? Кто всю жизнь с тобой был без объяснения? Я ожидал от тебя большего Я твоя единственная дочь. Если я сбежал, то это потому, что у меня не было выбора. Я не счастлива в своей личной жизни. Я не просил быть богатым или исследователем. Кроме того, я хочу быть женщиной. Мой проект жизни - жениться и иметь детей Я нашел его в Принце Золотого

Сердца, моей настоящей любви. Уважай мой выбор и освободи мою любовь.

Барон

Похоже, ты ничего не узнал, Ты не знаешь реального измерения этой проблемы. Нас арестовали по причине, дитя. Позор жениться на черном, потому что он не на вашем социальном уровне. Кроме того, он раб. Разве вы не понимаете, что между вами есть непреодолимая бездна?

Кэтрин

Он не мой социальный уровень. Он на высшем уровне. Кроме того, он был принцем в своей стране. У него благородная родина. Но, несмотря на это, мы любим друг друга. Ничто не изменит этого.

Тай

Добрый день всем вам. У меня отличные новости. Принцесса Элизабет только что подписала закон. С этого момента все рабы свободны. Нет причин держать Зачин взаперти. Мы потребуем вашей свободы.

Барон

Ладно, ты победил. Ты можешь пойти за ним. Но у вас нет моего благословения. Я больше не хочу о тебе знать. Мечта закончилась здесь. Мне плевать, сколько мне лет. Я все еще богат и могу найти хорошую женщину. Вы можете немедленно уйти.

Тай

Ты не знаешь, какую ошибку совершаешь. Ваша дочь - замечательный человек, и она этого не заслуживает. Старый развратник и невежественный. Ты будешь сильно страдать.

Кэтрин.

Мы будем уважать ваше решение. Я не собираюсь умирать из-за твоего презрения, папа Я оставлю свою счастливую жизнь с мужем. Кроме того, я собираюсь жить своей жизнью с верой в Бога, Я могу потерять все в своей жизни, кроме моего упования на Аллаха. Я могу пожелать тебе удачи.

Полицейский участок.

Тай.

Мы пришли за тобой, Спарринг-партнер. Калифорния окончена. Теперь мы все равны и свободны

Зачин

Какой чудесный дар жизни! Ты хочешь

сказать, что мы наконец-то можем быть счастливы? Это почти невероятно.

Кэтрин

Поверь мне, любовь моя. Это честная правда. Отсюда мы идем к Коломбо. Мы начнем новую жизнь без дальнейших преследований. Жизнь дала нам шанс быть счастливыми. Нам нужно воспользоваться этим.

Зачин

Верно. В данный момент я представляю страдания всех моих убитых братьев. Это наше достижение. Я тоже не думал, что буду счастлив в любви. Но появляется большой сюрприз Я совершенно счастлива. Слава Богу за это.

Тай.

Слава нашему великому Богу Давайте начнем строить планы на будущее. Вызов начинается сейчас.

Принц Сердца 6.

Лежит в постели.

Барон.

Пожалуйста, мне нужна помощь. Я страдаю от многих болей и одиночества Мне нехорошо. Оставайся со мной. Я дам тебе много денег. Я богатый человек и могу воплотить ваши мечты в жизнь. Не стесняйтесь. Можешь подойти ближе. Мне нужно тепло. Мне нужно чувствовать себя важным. Кроме того, у меня есть причина жить и мечтать. После стольких лет, я думаю, что заслужил это. Я всегда был справедлив по отношению к своим сотрудникам. Я всегда был честен в своем бизнесе. Тогда я заслуживаю перерыва. Я заслуживаю убежища.

Горничная.

Не смеши меня Ты всегда был кривым ублюдком. Ты поработил черных и выгнал его дочь отсюда. Кроме того, ты заслуживаешь столько страданий, чтобы заплатить за свои грехи. Ты не получишь мою помощь. Ты будешь медленно страдать. Даже зарплату, которую ты платишь правильно. Я не твоя дочь! Если бы ты хотел мира, ты бы приняла свою дочь. Ты предвзятый, невежественный старик Ты думаешь, что всё вращается вокруг тебя. Кроме того, ты просто мерзкий маленький червяк. Возьми этот момент боли и подумай о том, что ты причинил. Покайся в своих ошибках и постарайся быть лучшим человеком. Наступает душа. Молитесь и просите о защите от святых.

Твой конец близок Грустная сага барона Мимосо.

Барон.

Я в тревоге! Я сожалею о том, что сделал с дочерью. Кроме того, я был хулиганом для нее, и теперь я одинок. Я думал, что буду здоров до конца жизни. Но мы смертны. Мы хрупкие существа, которые не должны гордиться. Надеюсь, страдания освободят мою душу. Я хочу иметь шанс примириться с создателем. Когда мы не учимся влюбляться, мы учимся в боли. Я узнал это слишком поздно.

Горничная

Я рад, что ты всё обдумал. Я попрошу твою душу. Эта твоя болезнь безнадежна. Его смерть неизбежна. Но если это поможет примирить его с Богом, то это будет хорошая возможность. Да помилует тебя Господь.

Коломбо.

Кэтрин.

Как вы анализируете наши отношения?

Зачин.

Это был подарок в этом мире. Когда я не надеялся быть счастливым, ты появился. Когда меня похитили в Африке, мой мир рухнул. Мое сердце переполнено гневом, страданием и возмущением. Я только и думал о разочаровании в жизни. Много раз я задумывался и плакал своими несчастьями Я чувствовал себя совершенно одиноким и отчаянным. Я чувствовал себя ничем. Но потом я встретил тебя. Я влюбился в тебя. Я забыл свое прошлое, и снова восстал. Кроме того, я имел мужество встретиться со своими худшими врагами и стал уважаемым, свободным и счастливым человеком. Я считаю, что наши отношения весьма позитивны. Мы уважаем друг друга и очень любим друг друга. Каждый из нас имеет свободу принимать собственные решения. Я чувствую себя довольным. А ты? Как ты себя чувствуешь?

Кэтрин

Я чувствую себя как свершенная женщина. Я преобразовал свои концепции и оживил надежды. Кроме того, я открылся судьбе и оказался человеком. Я открыл свой мир с новыми возможностями. Сегодня я женщина, преобразованная Богом и жизнью. Сегодня я понимаю все аспекты человечества. Я хочу искать новые вещи и пережить разные ситуации. Я узнал, что жизнь, которую ты учишься. Кроме того, я понял, что все в мире имеет свое время и место. Я понимаю, что мы должны использовать возможности, поскольку они являются уникальными возможностями. Мы должны попытаться найти любовь без слишком много ожиданий. Мы должны простить других и исправить наши ошибки. Кроме того, нам необходимо продолжать жить в наших мечтах и строить новые планы. Мы должны верить в нашу способность даже перед лицом больших препятствий. Мы должны быть стоящими каждую минуту.

Тай

Я рада за вас обоих. Я свидетель вашей любви. Кроме того, я пошел по этому пути с самого начала и могу сказать, что эта любовь - правда. Нам нужно больше примеров, подобных этому, в нашем мире. Мы должны верить в любовь, даже когда она сбежит от нас. Некоторые вещи, которые мы должны подчеркнуть: вера, мужество, решимость, терпение, союз и любовь. Величайшая из них - любовь. Не отключался. У тебя есть все, чтобы построить прекрасную траекторию, не предрассудков. Ты победил, потому что веришь в свой проект. Всегда держи твердость. Я всегда буду с тобой, чтобы защитить тебя. Я благодарю эту страну, которая приветствовала нас с открытыми объятиями. Кроме того, я уже считаю себя бразильцем и с энтузиазмом по отношению к стране. Давайте сделаем нацию расти и развиваться. У нас есть огромный потенциал, Мы должны показать миру, что имеет Бразилия. Вы пример пары, которая работала. Пусть это продолжается из поколения в поколение.

Конец.

www.ingramcontent.com/pod-product-compliance
Lightning Source LLC
LaVergne TN
LVHW020445080526
838202LV00055B/5348